Collection folio cadet

ISBN : 2-07-031103-1
© Isaac Bashevis Singer 1967
© Editions Gallimard 1980 pour la traduction et les illustration,
1986 pour la présente édition
Numéro d'édition : 37701
Dépôt légal : Mai 1986
Imprimé en Italie par la Editoriale Libraria

I. B. SINGER

Le lait
de la lionne

Illustré par
PHILIPPE FIX

Traduit de l'anglais par
HENRI ROBILLOT

Gallimard

Dans un lointain pays, par une matinée ensoleillée de printemps, le ciel était aussi bleu que la mer, la mer aussi bleue que le ciel et la terre, verdoyante, les aimait tout autant l'un que l'autre.

Deux esprits traversaient un village. L'un s'appelait Mazel, ce qui signifie Chance et l'autre Shlimazel, c'est-à-dire Malchance.

Les esprits sont invisibles aux hommes mais ils se voient entre eux.

Mazel était jeune, grand, mince. Il avait les joues roses et les cheveux couleur de sable. Vêtu d'une jaquette verte, de culottes de cheval rouges, il portait un chapeau orné d'une plume. A ses hautes bottes étaient fixés des éperons d'argent. Mazel marchait rarement. En général il circulait sur son cheval qui était aussi un esprit. Mais ce jour-là, l'envie lui avait pris de traverser tranquillement le village à pied.

Shlimazel boitait à côté de lui, s'aidant d'une canne de bois noueuse. C'était un vieil homme au visage grisâtre avec des yeux méchants sous de gros sourcils broussailleux. Il avait le nez bourgeonnant et rouge à force d'avoir trop bu. Sa barbe était grise comme une toile d'araignée. Il était vêtu d'une longue redingote noire et portait sur la tête un bonnet pointu.

Mazel parlait et Shlimazel écoutait. Mazel était d'humeur vantarde : « Tout le monde me réclame, tout le monde m'aime, déclara-t-il. Partout où je vais, j'apporte le bonheur. Naturellement les gens

Les esprits sont invisibles aux hommes,
mais ils se voient entre eux.

ne peuvent pas me voir parce que je suis un esprit mais ils ne m'appellent pas moins de tous leurs vœux, marchands et marins, docteurs et cordonniers, amoureux et joueurs de carte. De par le monde entier ils s'écrient : « Mazel, viens à moi ». Toi personne ne t'appelle, Shlimazel. Et tu dois bien reconnaître que ce que je dis est la pure vérité. »

Shlimazel pinça les lèvres et s'empoigna la barbe : « Oui, j'admets que tu es un charmeur, dit-il, mais le monde est mené par les forts et non par les charmeurs. Ce que tu peux mettre un an à accomplir, je suis capable de le détruire en une seconde. »

Shlimazel avait marqué un point et Mazel se mordit la lèvre de dépit. « Nous savons tous que tu peux détruire, répliqua-t-il. Mais tu t'y prends toujours de la même façon ; ou tu tues ou tu brûles ou tu envoies la famine ou la maladie, la guerre ou la misère. Pour ma part je fourmille toujours d'idées neuves. Je connais des millions de façons de rendre les gens heureux.

— Moi j'en connais des milliards pour les rendre malheureux.

— Ce n'est pas vrai. Tu te sers toujours des mêmes trucs, insista Mazel. Je te parie que tu n'es même pas capable d'inventer un seul procédé nouveau pour anéantir une de mes bonnes actions.

— Tu crois ça ? Qu'est-ce que tu paries ? rétorqua Shlimazel.

— Si tu gagnes, dit Mazel, je te donnerai un tonneau de précieux vin d'oubli. Si tu perds, tu ne fourreras plus ton gros nez rouge dans mes affaires pendant cinquante ans.

— D'accord, répondit Shlimazel. Alors, en quoi va consister cette si bonne action dont tu parles ?

— Je vais entrer dans la cabane la plus pauvre de ce village et apporter le bonheur à celui ou celle qui l'habite, quel qu'il soit. Je ne quitterai pas cette personne d'une année entière. A l'instant où l'année sera écoulée, tu pourras prendre ma place auprès d'elle, mais à la condition expresse de ne pas la tuer par accident, de ne pas en faire un malade ou un miséreux. Et pas question non plus d'utiliser aucun de tes mauvais tours, de tes stratagèmes éculés. Maintenant combien de temps te faudra-t-il d'après toi pour défaire ce que j'aurai fait ?

— Une seconde, rétorqua Shlimazel.

— Pari tenu. »

*Ils se séparèrent, puis Mazel se dirigea
vers une masure qui, il ne l'ignorait pas,
devait être la plus misérable du village.*

Mazel tendit la main. La pierre verte de l'espérance brillait sur un anneau à son troisième doigt. Il serra la main sèche et fripée de Shlimazel, avec ses doigts crochus aux ongles rugueux. En dépit de la chaleur du jour, la main de Shlimazel était froide comme de la glace.

Ils se séparèrent, puis Mazel se dirigea vers une masure qui, il ne l'ignorait pas, devait être la plus misérable du village. Les rondins dont elle avait été bâtie étaient à moitié pourris et couverts de mousse. Avec le temps son toit de chaume était devenu tout noir. Il n'y avait pas de cheminée et la fumée du poêle s'échappait directement par un trou dans la toiture. Mazel dut incliner la tête pour franchir le seuil. A l'intérieur, des champignons poussaient aux murs dépourvus de plâtre. Sur un grabat délabré, garni de paille moisie, était assis un jeune garçon en guenilles et pieds nus. Mazel lui demanda son nom.

« Tam, répondit-il.

— Comment se fait-il que tu sois si misérable ? » demanda Mazel.

Tam ne pouvait pas voir Mazel, mais il lui répondit cependant, croyant qu'il se parlait à lui-même.

— « Autrefois, j'avais des parents, dit-il, mais ils n'ont pas eu de chance. Mon père est mort poitrinaire, ma mère qui était allée dans la forêt pour ramasser des champignons a été mordue par un serpent venimeux. Le petit lopin de terre qu'ils m'avaient laissé est tellement rempli de cailloux que je peux à peine le cultiver. Et l'année dernière il y a eu une grande sécheresse et une pluie de sauterelles. Cette année, je ne récolterai rien parce que je n'ai rien à semer.

— Et pourtant, dit Mazel, il ne faut pas perdre espoir.

— Que puis-je espérer ? dit Tam. Si l'on ne sème pas, on ne récolte pas. Mes vêtements sont en lambeaux et les filles du village se moquent de moi. La malchance est pire que la mort.

— Il peut encore t'arriver un événement heureux, suggéra Mazel.

— Quand ?

— Bientôt.

— Comment ? »

Avant que Mazel ait eu le temps de répondre, retentit un fracas de trompettes accompagné d'un martèlement de sabots. Vingt-quatre cavaliers de la garde royale lancés au galop précédaient le carrosse du roi, attelé de six étalons blancs. Les gardes portaient des culottes rouges, des tuniques jaunes et des casques emplumés de blanc.

Tous les villageois étaient sortis pour admirer les royaux voyageurs. Ceux qui portaient des chapeaux s'étaient découverts. Certains se mirent à genoux. Les filles faisaient la révérence.

Tout d'abord il sembla que le carrosse allait traverser le village sans s'arrêter et que les habitants pourraient tout juste entrevoir fugitivement leur

*La porte du carrosse s'ouvrit et le roi
sortit, suivi de la jeune princesse Nesika.*

monarque. Mais Mazel avait déjà tout combiné. Comme la voiture passait devant la masure de Tam, l'une des roues se détacha et le véhicule faillit se renverser. Les cavaliers tendirent les rênes de leurs montures et tout le cortège s'immobilisa.

La porte du carrosse s'ouvrit et le roi sortit, suivi de la jeune princesse Nesika, son unique enfant, héritière du trône, âgée de dix-sept ans. Nesika était réputée pour sa beauté dans tout le pays et même à l'étranger. Le roi et sa fille revenaient d'un bal donné en l'honneur de Nesika par le roi d'un pays voisin. Les cheveux d'or de la princesse tombaient sur ses épaules ; ses yeux étaient bleus, sa peau blanche ; elle avait un cou de cygne et une taille de guêpe. Elle était vêtue d'une robe blanche qui descendait jusqu'à la pointe de ses escarpins. Le roi l'avait toujours gâtée parce que Nesika avait perdu sa mère encore petite. Mais, ce jour-là, il était très fâché contre sa jolie fille. Ce bal avait pour but de présenter Nesika au prince héritier Typpish ; leur union était déjà prévue. Toutefois, le prince n'avait pas plu à Nesika et c'était le septième prince d'affilée dont elle refusait la main. Du premier, elle avait dit qu'il riait trop fort et trop souvent ; le second ne parlait que de son habileté à la chasse au renard ; elle avait vu le troisième battre son chien ; le quatrième avait la manie insupportable de commencer toutes ses phrases par « je » ; le cinquième était un mauvais plaisant ; le sixième racontait sempiternellement les mêmes histoires, quant à Typpish, Nesika avait simplement déclaré qu'elle ne voulait pas de lui parce que ses bottes étaient stupides.

« Comment des bottes peuvent-elles être stupides? lui avait demandé son père.

— Si les pieds sont stupides, les bottes le sont aussi, avait répliqué Nesika.

— Comment les pieds peuvent-ils être stupides ? avait insisté son père.

— Si la tête est stupide, les pieds le sont aussi, avait riposté Nesika.

Chaque fois Nesika avait trouvé une bonne raison de ne pas se marier. Et le roi commençait à craindre de la voir finir dans la peau d'une vieille fille.

Selon la loi du pays, Nesika ne pouvait être reine à la mort de son père que si elle avait un mari pour l'aider à régner. Si elle ne se mariait pas, le Premier ministre qui s'appelait Kamtsan monterait sur le trône à sa place. Kamtsan avait une réputation bien établie d'intrigant, de couard et de ladre. Il était avare à tel point que lors de ses noces d'or, alors qu'il est d'usage d'offrir un objet de métal précieux, il avait offert à son épouse bien-aimée une timbale de fer-blanc enveloppée de papier doré.

Lorsque la roue se détacha de son carrosse, le roi déjà irrité, éclata de fureur. Il houspilla ses serviteurs pour avoir mis sa vie en danger et demanda sur un ton impérieux lequel d'entre eux était capable de remettre la roue en place le plus vite.

Tam ne savait pas grand-chose des roues de voiture et rien du tout sur les carrosses de grand luxe. Mais comme Mazel se tenait près de lui, il s'écria, plein de courage : « Moi, je peux la réparer, Votre Majesté. »

Le roi considéra avec curiosité le gamin à demi nu. Après un instant d'hésitation et sur l'incitation de Mazel, il déclara : « Si tu peux le faire, fais-le, et rapidement ! » Les villageois, qui connaissaient Tam comme un bon à rien, une mazette, un incapable, attendaient, remplis d'appréhension. Ils étaient certains que Tam allait échouer et que le village entier pâtirait de la colère du roi.

Lorsque Mazel se tient derrière un être humain, cet être réussit tout ce qu'il entreprend. Et ce fut donc le cas de Tam. Garçon, il avait travaillé chez un forgeron, mais il était sûr de ne rien se rappeler de ce qu'il avait appris. Cependant, à peine eut-il ramassé la roue que tout lui revint brusquement. Le roi considéra avec étonnement la dextérité avec laquelle travaillait ce pauvre diable. Une fois le travail terminé, le roi demanda à Tam comment il se faisait qu'un garçon si habile fût vêtu de haillons et vécût dans une ruine.

« Parce que je n'ai pas de chance, répondit Tam.

— La chance parfois tourne subitement, dit le roi. Viens à la cour et nous te trouverons quelque tâche à remplir. »

Tout se passa si vite que les villageois n'en pouvaient croire leurs yeux.

Tam montra des dons exceptionnels dans son travail. Il répara des carrosses.

Le roi ouvrit tout simplement la porte du carrosse et y fit monter Tam. Puis il donna l'ordre à l'équipage de reprendre la route.

Tam était hanté par la crainte que la roue ne se détache à nouveau, mais bien que les chevaux fussent lancés au grand galop, l'essieu tint bon.

Le roi et Nesika questionnèrent Tam sur sa vie au village. Le jeune garçon répondit avec modestie, donnant des explications aussi intelligentes que brèves. Mazel parlait par sa bouche. Le roi se tourna vers Nesika et s'adressa à elle dans un langage étranger, inconnu de Tam mais non de Mazel. « Tu vois comme nous avons de brillants sujets parmi nos paysans. » Et Nesika lui répondit dans la même langue : « Il en remontrerait à bien des princes », puis elle ajouta pensivement après un moment de réflexion : « Sans compter qu'il est beau. Il ne lui manque que d'être confortablement habillé. »

Comme Mazel ne disposait que d'un an pour atteindre son but, les événements se précipitèrent. Le jour même, à peine étaient-ils arrivés au palais que le roi donna l'ordre de faire préparer un bain pour Tam et de lui donner ensuite du linge propre et des nouveaux vêtements. Puis on lui confia un poste à la forge royale.

Tout de suite Tam montra des dons exceptionnels dans son travail. Il répara des carrosses considérés comme hors d'usage. Il ferra des chevaux si sauvages que nul n'osait les approcher. Enfin, il se révéla cavalier émérite. En moins d'un mois il était nommé maître des écuries du roi.

Chaque année se tenaient au palais les courses royales. Tam fut autorisé à y participer et, d'emblée, il fit la conquête des courtisans, des dignitaires étrangers en visite, des conseillers du roi, bref, de tous les habitants. Tam avait choisi de monter un cheval inconnu, mais avec l'aide de Mazel, ce cheval devint le coursier le plus rapide dans l'histoire du pays. Monté par Tam, il franchit sans effort les plus larges fossés, les plus hauts obstacles et gagna toutes les récompenses. Et son cavalier avait si gracieuse tournure que toutes les dames de la cour s'amourachèrent de lui. Est-il besoin de dire que Nesika en était tombée amoureuse dès le premier instant ? Comme toujours chez les êtres profondément épris, Nesika s'imaginait que ses sentiments pour Tam étaient demeurés son secret. En vérité, la cour entière était au courant et même le roi son père, qui savait aussi que les amoureux peuvent être terriblement obstinés. Et comme ce fier monarque refusait de marier sa fille à un fils de paysan, il décida d'imposer à Tam une épreuve, si ardue que l'échec était inéluctable.

Il l'expédia donc avec une petite troupe de chevaliers au fin fond du royaume pour y obtenir la soumission d'une sauvage tribu rebelle, que nul envoyé du roi n'avait pu réduire à merci. Avec l'aide de Mazel, non seulement Tam mena à bien

La renommée de Tam ne cessait de s'étendre.
Bardes et ménestrels chantaient ses hauts faits.

sa mission, mais encore revint avec de superbes cadeaux pour le roi et la princesse Nesika.

La renommée de Tam ne cessait de s'étendre. Bardes et ménestrels chantaient ses hauts faits. De grands personnages du royaume venaient lui demander conseil. Et il devint l'homme le plus admiré et le plus aimé du royaume. Lorsque les humbles sont portés au pinacle, ils deviennent souvent hautains et oublient ceux parmi lesquels ils ont grandi. Tam, lui, trouvait toujours le temps d'aider les paysans et les déshérités.

Il est bien connu que plus un homme acquiert d'influence, plus puissants sont ses ennemis. Le Premier ministre Kamtsan qui voulait le trône intriguait donc contre Tam ; ses partisans répandirent le bruit que Tam était un sorcier. Comment pouvait-on expliquer autrement qu'un paysan de basse extraction pût réussir là où les plus grands seigneurs avaient échoué. Ils racontèrent que Tam avait vendu son âme au diable. Et lorsque cette année-là, nuit après nuit, apparut dans le ciel une comète inconue avec une longue chevelure, les ennemis de Tam affirmèrent que cet astre présageait que Tam allait attirer le malheur sur la tête du roi et mener le pays à la ruine.

Shlimazel avait promis de laisser Tam en paix durant toute une année, mais cela ne l'empêchait pas moins de préparer tranquillement le piège dans lequel tomberait Tam, le moment venu. Shlimazel se rongeait d'impatience en attendant de gagner son pari et de posséder enfin le tonneau du vin de l'oubli. Il était bien connu qu'une simple gorgée de ce vin dispensait à celui qui le buvait une félicité surpassant tous les autres plaisirs de la terre. Shlimazel était depuis toujours victime d'insomnies et de cauchemars. Il savait donc que le vin de l'oubli lui apporterait enfin le sommeil et de doux rêves de mers argentées, de rivières d'or, de jardins aux arbres de cristal, de femmes d'une beauté céleste.

Il tenait aussi à montrer à ses semblables, les démons, lutins, elfes, farfadets et autres esprits malins qu'il était plus puissant que Mazel et capable de leur damer le pion.

Schlimazel se rongeait d'impatience en attendant de gagner son pari...

Subitement, le roi tomba malade. Il y avait de grands médecins à la cour mais ils étaient incapables de découvrir de quoi souffrait le monarque. Enfin, après une longue consultation, ils décidèrent que le roi était atteint d'une maladie que seul pouvait guérir du lait de lionne. Mais où trouver du lait de lionne ? Il y avait bien un zoo dans la capitale mais, pour l'instant, aucune lionne avec des lionceaux à allaiter.

Le roi avait en Tam une telle confiance qu'il le fit mander et lui demanda d'aller chercher pour lui du lait de lionne. Tout autre que lui aurait été glacé d'effroi par une telle requête. Mais comme Mazel se tenait près de lui, Tam répondit simplement : « Oui, Sire, je trouverai une lionne, je la trairai et rapporterai son lait à Votre Majesté. »

Le roi fut si touché par la courageuse réponse de Tam qu'il s'adressa à ses courtisans en ces termes : « Vous êtes mes témoins, le jour où Tam reviendra avec du lait de lionne, je lui donnerai ma fille en mariage. »

Le Premier ministre Kamtsa, qui se trouvait parmi les courtisans, fut incapable de se retenir plus longtemps : « Sire, déclara-t-il, aucun homme ne peut traire une lionne et s'en tirer vivant. Tam vous a fait une promesse qu'il ne pourra tenir.

— Et s'il raporte du lait, comment saura-t-on qu'il s'agit bien de lait de lionne ? ajouta l'un des partisans de Kamtsan.

— Votre Majesté, répéta Tam avec assurance, je trouverai une lionne et je la trairai.

— Va, et que le succès t'accompagne, dit le roi. Mais je te préviens : n'essaie pas de me tromper en m'apportant du lait d'un autre animal.

— Si je trompais Votre Majesté, répondit Tam, je mériterais la mort. »

Chacun s'attendait à voir Tam se munir d'armes et d'un filet pour capturer le fauve ou peut-être d'herbes pour endormir la bête. Personne ne pouvait croire qu'il allait se mettre en route sans le renfort d'une escorte. Mais il partit seul et sans armes, n'emportant sur son cheval qu'une cruche de pierre pour y recueillir le lait.

Ce que voyant, ceux mêmes des courtisans qui accordaient leur confiance à Tam se sentirent pris de doutes. Il avait quitté le palais en telle hâte qu'il ne s'était pas même arrêté pour faire ses adieux à l'inquiète Nesika. Les amis de Kamtsan répandirent aussitôt le bruit que Tam avait été si effrayé par la dangereuse mission dont l'avait chargé le roi qu'il avait tout bonnement pris la fuite. Tous les sages de la cour étaient d'accord pour dire qu'aucune lionne ne se laisserait traire par un homme.

Bien entendu, personne ne savait que Mazel galopait aux côtés de Tam. Et Tam avait à peine chevauché une heure que sur une petite colline il aperçut une imposante lionne, avec ses deux lionceaux auprès d'elle.

*Tam s'approcha de la lionne, s'agenouilla
et se mit à la traire comme s'il s'agissait
d'une vache.*

Mû par le courage de ceux qui sont protégés par Mazel, Tam s'approcha de la lionne, s'agenouilla et se mit à la traire comme s'il s'agissait d'une vache. Après avoir rempli sa cruche avec le lait tiède de la lionne, il la boucha soigneusement, se releva et caressa la bête fauve sur la tête. Alors seulement, la lionne parut comprendre ce qui s'était passé. Dans ses yeux se lisait : « Comment ai-je permis une chose pareille ? Ai-je donc oublié que j'étais la reine de tous les animaux ? Qu'ai-je fait de ma fierté ? de ma dignité ? » Et soudain elle laissa échapper un terrible rugissement. Heureusement, Tam s'était déjà remis en selle car son cheval terrifié avait fait un bond et filait déjà comme une flèche en direction de la capitale.

Voyant Tam revenir si vite, chacun fut persuadé que le lait qu'il avait rapporté ne pouvait être celui d'une lionne. Les lions vivaient au cœur du désert dans une partie du royaume situé à plusieurs semaines de voyage de la capitale.

Il était clair pour tous que Tam était bien résolu à duper le roi malade pour pouvoir après sa mort prendre le trône grâce à Nesika.

Le roi lui-même était d'ailleurs aussi soupçonneux que les autres. Néanmoins, il fit venir Tam devant lui. Et Tam entra dans la chambre du roi, portant à deux mains le cruchon de lait.

Puis en s'agenouillant devant le roi, il déclara : « Sire, je vous ai apporté ce que Votre Majesté m'a envoyé chercher... du lait de chienne. »

Un silence mortel suivit ces mots. Les yeux du roi étincelèrent de fureur.

« Tu oses te moquer de mon infortune. Ainsi tu m'as apporté du lait de chienne. Tu paieras cet affront de ta vie. »

Pourquoi donc Tam venait-il de dire qu'il avait apporté du lait de chienne ?

Il se trouva qu'à la seconde même où Tam approchait du lit où gisait le monarque malade, l'année de Mazel venait de s'achever et Shlimazel avait pris sa place. C'était lui qui avait fait dire « chienne » à Tam au lieu de « lionne ».

Shlimazel avait bel et bien en une seconde détruit

ce qu'il avait fallu un an à Mazel pour réussir.

Et comme ils en avaient convenu, Shlimazel ne s'était pas servi de ses vieux subterfuges habituels.

Tam essaya de rectifier son erreur, mais sa voix s'en était allée avec sa chance et il demeura pétrifié, muet. Sur un signe du roi, Kamtsan donna l'ordre à deux gardes de s'emparer de Tam et de le charger de chaînes. Ils le conduisirent au donjon où étaient emprisonnés les condamnés à mort.

Lorsque Nesika apprit ce qui s'était passé, elle sombra dans le désespoir. Elle courut aux appartements du roi pour le supplier d'épargner Tam.

Pour la première fois, le roi malade refusa de l'admettre en sa présence.

Cette nuit-là, le palais et en vérité la capitale entière restèrent sombres et silencieux. Seuls, Kamtsan et ses alliés célèbrèrent en secret la disgrâce de Tam. Ils savaient que le roi allait bientôt mourir et comme Nesika n'était pas mariée, Kamtsan hériterait du trône. Le Premier ministre offrit à ses invités du pain et de la bière. Avare comme il l'était, c'était son habitude de faire payer à ses hôtes leur boire et leur manger.

Dans la cave la plus profonde du palais, que l'on savait hantée, Mazel et Shlimazel s'étaient

retrouvés en tête à tête. Shlimazel s'attendait à voir Mazel déçu et furieux comme en général ceux qui perdent un pari. Mais Mazel n'était pas mauvais perdant. Comme à l'accoutumée, il se montrait calme et serein.

« Shlimazel, tu as gagné et je te félicite, dit-il.

— Te rends-tu compte que ton protégé Tam va être pendu à l'aube ? demanda Shlimazel.

— Eh oui, je m'en rends compte.

— As-tu oublié... mon vin d'oubli ?

— Pas du tout. »

Mazel sortit et revint aussitôt en poussant un tonneau couvert de poussière et de toiles d'araignée. Puis il le redressa, tendit un gobelet à Shlimazel et lui dit : « Bois, Shlimazel, bois tout ton saoul, autant que ton cœur le désire. »

Shlimazel plaça son gobelet sous le robinet, le remplit et but avidement. Un large rictus s'étala sur son visage diabolique : « Pour un grand maître de la malchance, ricana-t-il, on peut dire que la chance me sert aujourd'hui. » Il vida un second gobelet plein et, commençant à se sentir éméché, déclara : « Ecoute-moi donc, Mazel, au lieu de me combattre, pourquoi ne t'allies-tu pas avec moi ? A nous deux nous ferions une fameuse équipe.

— Tu veux dire qu'ensemble nous pourrions détruire le monde, dit Mazel.

— Absolument.

— Et ensuite ? Il ne nous resterait bientôt plus rien à faire.

— Tant que nous pouvons boire le vin d'oubli, pourquoi nous faire du souci ?

— Pour avoir du vin, il faut quelqu'un qui plante la vigne, lui rappela Mazel, quelqu'un qui fasse la vendange, presse les grappes et prépare le vin. Rien ne produit rien. Pas même le vin d'oubli.

— Si ce vin fait son effet, peu importe l'avenir.

— Il va le faire d'ici peu, dit Mazel, bois et oublie-toi toi-même.

— Trinque avec moi, Mazel, mon ami.

— Non, Shlimazel, l'oubli n'est pas pour moi. » Shlimazel continua à boire gobelet sur gobelet. Le rire et les larmes plissaient tour à tour son visage sillonné de rides et il se mit à parler tout seul comme le font parfois les ivrognes.

« Je ne suis pas né Shlimazel, dit-il. Mon père était pauvre, mais c'était un esprit bienveillant. Il était porteur d'eau au Paradis. Ma mère était la servante d'un saint. Mes parents m'ont envoyé à l'école de Reb Zeinvel. Ils voulaient que je devienne un séraphin ou du moins un ange. Mais je détestais mes parents parce qu'ils me forçaient à étudier. Pour les défier, je me suis joint à une bande de diablotins. Nous avons commis toutes sortes de méfaits. Nous chipions la manne. Nous nous empiffrions de poussières d'étoiles volées, de lait de lune et d'autres friandises défendues. La nuit, nous descendions sur terre, nous entrions dans les étables et faisions peur aux chevaux. Nous nous glissions dans les garde-manger et laissions

Schlimazel continua de boire, gobelet sur gobelet. Le rire et les larmes plissaient tour à tour son visage.

des crottes de diable dans les aliments. Nous nous déguisions en loups et chassions les moutons. Que ne faisions-nous pas ? Un jour, je me suis transformé en grenouille et me suis caché dans la tabatière de Reb Zeinvel. Quand il l'a ouverte pour prendre une prise, j'ai sauté dehors et je lui ai mordu le nez. Je me suis élevé lentement mais régulièrement dans les rangs de l'Armée du Mal jusqu'à ce que je devienne ce que je suis aujourd'hui, Shlimazel, le grand maître de la Malchance. »

Shlimazel se servit un autre gobelet et commença à chanter d'une voix éraillée :

> Conspire, intrigue tant que tu veux
> Mazel demeure un songe-creux.
> Shlimazel prend la main et gagne
> Pour Tam, nul espoir de cocagne.
> Mazel parle, Shlimazel agit,
> va de maléfices en gâchis.
> Mazel obient un point ou deux,
> Mais Shlimazel mène le jeu.
> Mazel peut bien prêter main-forte,
> Shlimazel à la fin l'emporte.

Shlimazel émit une sorte de grognement puis s'écroula et resta inerte comme une bûche.

C'était le moment que Mazel attendait. Il ne lui restait que peu de temps car l'aube approchait, et dans la cour du palais, les dignitaires commençaient déjà à se rassembler pour la pendaison de Tam. Puis les gardes apparurent, traînant Tam

A cet instant Mazel parut. Personne ne le vit
mais tout le monde sentit sa présence.

enchaîné. Kamtsan, environné de vils flatteurs, paradait parmi les seigneurs. Il s'était déjà laissé acheter par plusieurs intrigants et avait promis les plus hautes positions à ceux qui l'avaient payé le plus.

Kamtsan fit un signe aux tambours et un long roulement s'éleva de leurs instruments. Le bourreau masqué, vêtu mi-partie de rouge et de noir se prépara à placer le nœud coulant autour du cou de Tam. A cet instant Mazel apparut. Personne ne le vit mais tout le monde sentit sa présence. Soudain, le soleil se leva et baigna tout le décor d'une lumière pourpre.

Maintenant que Shlimazel gisait assommé par l'alcool et que Mazel se tenait près de lui, Tam sentit renaître son courage. Il lança à voix haute et claire : « Seigneur, il est d'usage avant que meure le condamné qu'il exprime un dernier souhait. Le mien est de voir le roi. »

Les tambours, décontenancés, interrompirent leur tambourinage. Kamtsan eu beau protester, les autres seigneurs donnèrent l'ordre de mener Tam auprès du monarque, couché sur un lit de douleur. Tam s'agenouilla devant le roi et déclara : « Que Votre Majesté me permette de lui expliquer pourquoi j'ai dit que j'avais rapporté du lait de chienne. Tout le monde sait que le lion est le roi des animaux, mais comparé à vous, Sire, un lion n'est plus qu'un chien. J'ai donc donné à la lionne le nom de chienne en gage de mon respect et de mon admiration pour Votre Majesté. Mais je vous ai bien apporté du lait de lionne. Et je vous en conjure, Sire, buvez-le et vous serez aussitôt soulagé. Je vous jure sur mon amour pour Nesika que je dis la vérité. »

Comme Mazel était aux côtés de son protégé, le roi crut Tam.

« Mais le lait a été jeté », intervint Kamtsan.

Nesika, qui n'avait pas dormi de la nuit, priant et espérant que Tam serait sauvé par quelque miracle, ayant appris ce qui se passait, s'était précipitée jusqu'à la chambre de son père. Lorsque Kamtsan annonça que le lait avait été jeté, elle s'écria : « Non, Kamtsan, je l'ai gardé. J'ai demandé à mes serviteurs de me le donner parce que je croyais à la parole de Tam. »

Et elle courut elle-même chercher le lait pour l'apporter à son père. Ce fut avec une stupeur croissante que tous les assistants regardèrent le roi boire le lait jusqu'à la dernière goutte. Car le remède agit si rapidement qu'il recouvra la santé sous leurs yeux mêmes. Ses joues perdirent leur pâleur, son regard éteint reprit tout son éclat et les forces lui revinrent.

La cour entière se réjouit, à l'exception de Kamtsan bien entendu, et de ceux auxquels il avait vendu de hautes postions dans l'administration du royaume.

Nesika était la plus heureuse de tous. Se jetant aux pieds du roi, elle lui dit : « Mon père, Tam vous a sauvé la vie. Chaque parole qu'il a prononcée était vraie. Maintenant, il faut tenir votre promesse et nous permettre de nous marier. »

Le roi donna aussitôt l'ordre de tout préparer pour une cérémonie nuptiale digne d'une future reine. Souverains et grands seigneurs furent invités de tous les pays alentour. Rois, reines, princes et princesses vinrent au mariage, accompagnés de leurs royales suites. Ils apportaient les plus précieux cadeaux.

Nesika était éblouissante de beauté dans sa robe de mariée dont la traîne longue de dix mètres était portée par vingt pages. Sur la tête, elle portait une couronne étincelante rehaussée d'un diamant taillé en forme de lionne. L'uniforme de Tam s'ornait de l'ordre du Dévouement-Sans-Bornes, la plus haute distinction accordée dans le pays.

Tam et Nesika furent le couple le plus heureux du royaume. Nesika donna à son mari sept enfants. Quatre princes et trois princesses, tous beaux, pleins de vigueur et de courage.

Personne ne vit éternellement. Vint un jour où le roi mourut. Nesika devint reine et Tam son prince consort.

Jamais Nesika ne décida des affaires du royaume sans demander l'avis de son mari, car toutes les initiatives de Tam étaient couronnées de succès.

Quant à Kamtsan, une telle amertume le rongeait qu'il se mit à boire. Comme il était toujours

Nesika donna à son mari sept enfants.
Quatre princes et trois princesses.

aussi ladre, il passait son temps à traîner de taverne en taverne, attendant qu'on lui offrît un verre. Ceux qui l'avaient naguère flatté avaient été les premiers à lui tourner le dos.

Shlimazel, lui, s'il s'était éveillé de son sommeil au bout de quelque temps, ne s'en prit cependant plus jamais à Tam. Tel était le pouvoir du vin d'oubli que Shlimazel ne se souvenait même plus de l'existence de sa victime Tam. Et comme il avait toujours eu un penchant pour la boisson et les buveurs, il s'attacha désormais à Kamtsan.

En fait, Tam n'avait plus besoin de Mazel, si ce n'est de loin en loin. Il avait appris que la chance reste fidèle à ceux qui sont diligents, intègres, sincères et secourables.

En vérité, celui qui possède toutes ces qualités est à jamais privilégié.